마지막 잎새

마지막 잎새

1판 1쇄 인쇄__2014년 03월 10일
1판 1쇄 발행__2014년 03월 20일

지음__오 헨리
옮김·그림__폴드랑·강하나
채색__안경숙
펴낸이__양정섭

펴낸곳__작가와비평
등　록__제2010-000013호
블로그__http://wekorea.tistory.com
이메일__mykorea01@naver.com

공급처__(주)글로벌콘텐츠출판그룹
대　표__홍정표
편　집__노경민 최민지 김현열 **디자인**__김미미 **기획·마케팅**__이용기 **경영지원**__안선영
주　소__서울특별시 강동구 천중로 196 정일빌딩 401호
전　화__02-488-3280 **팩　스**__02-488-3281
홈페이지__www.gcbook.co.kr

값 9,800원
ISBN 979-11-5592-107-4 03810

폭풍우 속 피어난 작은 희망

마지막 잎새 *The Last Leaf*

오 헨리 지음 / 폴드랑·강하나 옮김·그림 / 안경숙 채색

작가와비평

워싱턴 광장에서 서쪽으로 한참을 걷다 보면
작고 오래된 마을이 나타났다.
이 작은 마을에는 별난 구석이 있었다.
무슨 이유에서인지 마을은 온통 이리저리
얽히고설킨 제멋대로의 좁디좁은 골목들로 미로를 만들고 있었다.
제법 오랫동안 마을에 살았던 이들도 골목길을 따라 걷다 보면
자신도 모르게 한두 번쯤 지났던 골목을 또 지날 정도였다.

Where Am I?
Rio de janeiro 7,854 km SSE
Johannesburg 12,954 km ESE
408 km NE
663 km NNW
.324 km ENE
5,967 km ENE
Sydney 15,861 km WSW
7,803 km ENE
Delhi 12,036 km ESE
Manila 14,025 km WSW
Tokyo 11,067 km WSW

오래전 한 화가는 이 별스런 골목길 위에서
기발한 아이디어를 생각해냈는데

"그림물감이나 캔버스 대금을 받으러 온 수금인이,
이 골목길에 들어서면 온종일 뱅글뱅글 돌다가 지쳐 결국
외상값 한 푼 못 받고 돌아가 버리지 않을까?"

그 때문인지는 모르겠지만 이 별스럽고 고풍스러운 '그리니치 마을'에
언제부턴가 가난한 화가들이 모여들기 시작했다.

그도 그럴 것이 화가들이 좋아하는 북향 창문을
비롯하여 18세기 식 베란다와 네덜란드 풍 다락방을
갖춘 집들이 많았으며 방세 또한 아주 쌌다.
누구든 작은 방을 하나 빌리고 6번가로 달려가
주석 머그잔과 흠집 난 접시 몇 개를 사들이면
그날로 자신만의 아담한 화실을 꾸밀 수 있었다.

이렇게 그리니치 마을은 작고 별스런 '예술가의 마을' 이 되었다.

수우와 존시는 두터운 기와로 된 3층짜리 건물
꼭대기에 화실을 가지고 있었다.
수우는 북동부의 '메인 주' 출신이며 존시는 남서부 '켈리포니아' 출신이었다.

그들은 8번가에 있는 레스토랑 '델모니코'에서
우연히 점심을 먹다가 알게 되었고,
예술과 음식, 패션에 대한 취향 등이
서로 너무 잘 맞는다는 것을 알고는 함께 화실을 꾸미기로 했다.

그것이 5월의 일이었다.

그해 이곳 그리니치 마을에서는
두 젊은 예술가 지망생들이 자신들만의 꿈을 향해
거침없이 달려가고 있었다.

그런데…

11월이 되자

낯선 이방인 하나가 이 작은 예술가 마을을 찾았다.

CAFÉ

차갑고 낯선 이 이방인을 의사들은 '폐렴' 이라고 불렀다.
이방인은 너무도 냉정했다.
작고 가난한 예술가 마을 곳곳을 어슬렁거리며
그 얼음장 같은 차가운 손가락으로 사람들을 더듬었다.

파괴자였다.

이 파괴자는 마을 건너편 쪽을 숨어들어
이미 수십 명의 목숨을 빼앗았다.

이읏고 수우와 존시의 화실이 있는
좁디좁은 이끼 낀 골목으로 슬며시 접어들었다.
파괴자는 눈곱만큼의 인정도 찾아볼 수 없는 냉혈한이었으며
비겁하기까지 했다.

따뜻한 남서부 켈리포니아 출신인 존시는
이곳 그리니치 마을의 11월 매서운 바람조차 견디기 힘들었다.

그런 작은 꼬마 아가씨에게 파괴자는 피투성이의 주먹을 움켜쥔 채
거친 숨을 토해내며 달려들었다.
결국 존시는 차가운 철제침대에 누워
하루 종일 유리창 너머 이웃집의 창조차 없는 벽돌담만
바라보는 신세가 되고 말았다.

어느 날 아침, 몹시 바빠 보이는 의사가
털북숭이 흰 수염을 꿈틀거리며 수우를 복도로 불러냈다.
의사는 방금 전 존시에게 사용한 체온계를 흔들며 말했다.

"환자가 회복될 가능성은 열에 하나 정도밖에 되지 않네.
그나마도 환자가 살아야겠다는 희망을 갖고 있을 때의 이야기겠지만,
지금처럼 장의차나 부를 생각만 하고 있는 환자에게는
어떤 처방도 소용없다네.
당신 친구는 자신의 병이 불치병이라고 생각하고 있지.
큰일이야. 혹시 그녀의 생각을 다른 쪽으로 돌리게 만들 뭔가 없을까?"

수우는 잠시 망설였다.
"존시는 언젠가 꼭 나폴리 만을 그리고 싶다고 했어요."
수우가 대답했다.
"그림을 그리겠다고? 바보 같으니라구!
그런 거 말고 뭔가 가슴속 깊이 품고 있는 것은 없나?
이를테면 남자친구라든가…."
"남자친구요?"
수우는 슬픈 목소리로 대답했다.
"아니요, 존시에겐 오직 그림뿐이에요."
"그게 문제란 말일세, 그림만으로는 그 친구에게
작은 희망조차 주지 못한다구!"
의사는 털북숭이 흰 수염을 더욱 요란스럽게 흔들어대며 말했다.

"어쨌든 내 힘닿는 대까지 치료는 해 보겠지만,
지금처럼 환자가 장례식에 가는 마차 수나 세고 있다면
치료 효과는 기대할 수 없을 게야.
만약 당신이 올 겨울 유행할 외투의 소매스타일에 관해
그녀와 이야기를 나눌 수 있게 된다면 살 가능성은 열에 하나가 아니라
다섯에 하나라고 내 보증하리다."

의사가 돌아간 뒤, 수우는 냅킨이 흠뻑 젖도록 울었다.

한참을 울고 난 수우는 눈에 붓기가 빠지길 기다려 삽화 일거리를 챙겨들고
경쾌한 곡으로 휘파람까지 불며 힘차게 존시의 방으로 들어갔다.
존시는 꼼짝도 않은 채 창 쪽을 향해 누워 있었다.
수우는 존시가 잠을 자고 있는 것 같아 애써 불던 휘파람을 그만 두었다.
수우는 캔버스를 세워놓고 어느 잡지사의 삽화로 쓰일
그림을 그리기 시작했다.
젊은 화가 지망생이 예술을 향한 길을 개척해 나가기 위해서는 자신의
취향과 전혀 상관없는 일거리라도 마다하지 않고 그려야만 했다.
수우도 그런 젊은 화가 지망생이었다.

수우가 소설 속 주인공인 아이나호의 카우보이 모습 위로
사치스런 승마복과 외알 안경을 막 그려 넣고 있을 때였다.

나지막이 중얼거리는 존시의 목소리가 들려왔다.

수우는 급히 존시에게 다가가 귀를 쫑긋 세웠다.
존시는 잠이 든 게 아니었다.
커다란 눈을 더욱 동그랗게 뜨고는 창밖을 보면서
무엇인가 열심히 세고 있었다.
"열 둘."
"열하나."
"열."
"아홉."
이상하게 존시는 무엇인가를 하나씩 거꾸로 세고 있었다.
조금 있으려니 거의 동시에
"여덟, 일곱."
하며 한꺼번에 세었다.
수우는 궁금했다.
무엇을 세는 것일까?

수우는 창밖을 바라보았다.
보이는 것이라고는 11월의 스산한 바람이 내려앉은 어두컴컴한 뒤뜰과,
약 20피트쯤 떨어진 곳에 창문조차 없어 더욱 차갑게 느껴지는
이웃집 건물의 낡은 벽돌담뿐이었다.
그 벽돌담에는 뿌리와 넝쿨이 썩어가고 있는
오래된 담쟁이 넝쿨 한 그루가 담의 중간쯤까지 뻗어 있었으며
잎사귀는 매서운 초겨울 바람에 이미 거의 다 떨어지고 없었다.
앙상한 가지만이 금방이라도 허물어질 것 같은 낡은 벽돌담 위로
힘겹게 매달려 있을 뿐이었다.

"존시, 뭐하고 있는 거니?"
수우가 조심스럽게 물었다.
"여섯."
존시는 속삭이듯 낮은 목소리로 힘겹게 말했다.
"점점 더 빨리 떨어지고 있어.
사흘 전에는 거의 백 개쯤 있었는데.
모두 세려면 머리가 아플 지경이었어.
그렇지만 이젠 쉬워졌어.
아, 또 하나 떨어지네. 이제 다섯 개밖에 안 남았어."
"뭐가 다섯 개 라는 건데?
답답해 죽겠네. 자세히 좀 말해 봐."
수우가 재촉하듯 물었다.

"잎사귀 말이야. 담쟁이넝쿨에 달려 있는 잎새.
담쟁이넝쿨의 마지막 잎새가 떨어지면 나도 같이 죽는 거야.
사흘 전부터 알고 있었어.
의사 선생님도 수우 너에게 그렇게 얘기하셨겠지?"

수우는 기가 막혔다.

"말도 안 돼! 그런 바보 같은 얘기는 처음 듣는다, 얘!"

수우는 버럭 화를 내며 꾸짖듯이 말했다.

"저 따위 철 지난 담쟁이넝쿨 잎이 떨어지는 거랑
네 병이 나아지는 거랑 무슨 상관이 있다는 거니?
그래, 존시. 네가 저 담쟁이넝쿨 잎사귀를 무척 좋아했던 건 인정해.
그렇다고 그런 바보 같은 억지가 어디 있니?
안 그래도 오늘 아침 의사 선생님이 네 병이 나아질 가능성에 대해
말씀해 주셨거든. 정확히 뭐라고 말씀하셨냐하면…,
열에 아홉은 완치된다고 하셨어.
존시, 네가 죽을 확률은 열에 하나일 뿐이라고!
사실 그건 이 뉴욕에서 전차를 탄다거나 공사 중인 건물 밑을 지나더라도
그 정도 위험률은 마찬가지 아니겠어?
뉴욕에 살고 있는 사람이라면 그쯤은 보통이라는 거야.

그러니까 존시, 쓸데없는 곳에 신경 쓰지 말고
이 수프 좀 먹어 보지 않을래?
그래야 내가 마음 놓고 그림을 그릴 수 있지 않겠니?
그림을 빨리 그려다 주고 돈을 받아야 네가 좋아하는 포도주랑
내가 먹을 돼지고기도 살 수 있으니까 말이야."

"이제 포도주는 사오지 않아도 돼."
존시는 여전히 창밖을 바라보며 말했다.

"또 하나 떨어졌네.
아, 그래. 수프도 먹고 싶지 않아.
이제 남은 건 네 잎뿐이야. 더 어두워지기 전에
마지막 하나가 떨어지는 걸 보고 싶어.
그러면 나도 떠나는 거야."

"이봐, 존시!"
수우는 존시를 몰아붙이듯 말했다.
"내가 그림을 다 그릴 때까지 눈을 감고 창밖은 절대 안 보겠다고 약속해줘야
겠어! 내일까지 이 그림을 꼭 갖다 줘야 한다고.
나 햇빛이 정말 필요하거든, 그렇지 않다면 벌써 커튼을 내렸을 거야!"

"저쪽 방에서 그리면 되잖아?"
존시가 차갑게 말했다.
"아니, 난 네 옆에서 그릴거야."
수우가 말했다.
"그리고 아무짝에도 쓸모없는 담쟁이 잎 따위를 하루 종일 쳐다보고 있는 네 꼴도 보고 싶지 않거든!"

"다 그리거든 말해 줘."
존시는 체념한 듯 눈을 감으며 말했다.

핏기 없는 창백한 얼굴로 꼼짝 않고 누워 있는 존시의 모습은 마치 부서져 내린 석고상 같았다.

"마지막 잎새가 떨어지는 걸 보고 싶어. 이젠 정말 지쳤어, 끔찍해.
난 그냥 저 지쳐버린 잎새처럼 떨어지면 그뿐인 거야."
"존시, 억지로라도 잠을 청해 봐, 자고 일어나면 마음도 한결 가벼워 질 거야"
수우가 겨우 울음을 참으며 말했다.
"난 베이먼 할아범한테 가봐야 해. 폐인이 된 늙은 광부 모델을 부탁했거든.
금방 올 거니까 꼼짝 말고 그대로 있어."

베이먼은 같은 건물 아래층에 살고 있는 늙은 화가였다.
나이는 예순을 넘었으며 미켈란젤로의 모세 상처럼
곱슬곱슬하게 늘어진 긴 수염에 도깨비 같은 모습을 하고 있었다.

베어먼은 예술의 낙오자였다.
40년 넘게 붓을 쥐고 살았으면서도 예술의 여신의 옷자락 끝에
닿을 수 있는 곳조차 가본 적이 없었다.
언젠가는 걸작을 그리겠다고 입버릇처럼 말하는 그였지만
정작 단 한 번도 그런 일에 붓을 들어본 적이 없었다.
지난 수십 년 동안 그가 그린 그림이라고는 싸구려 상업용
도안이나 광고용 그림들이 전부였다.

무엇하나 제대로 그려본 적 없는 지독한 예술의 낙오자인 그였다.

그는 돈이 떨어지면 전문 모델을 구할 형편이
못되는 젊은 예술가 지망생들에게 기꺼이 모델이 되어 주고는 했다.
모델료는 싸구려 진 한 병 값이면 충분했다.
그 때문에 가난한 젊은 화가 지망생들은 모델이 필요할 때면
어김없이 베어먼을 찾았다.

그는 작달막한 몸집에 괴팍한 성격이었지만 기백이 강한 노인네였다.
그는 나약한 이들을 경멸했으며 비웃고 조롱하기에 조금도 주저하지 않았다.
최근 들어 그는 위층에 사는 젊은 두 여성 예술가를
나약한 마을 남자들로부터 지켜내야 한다며 문지기 역할까지 하고 나섰다.

수우가 가보니 베어먼은 어두컴컴한
방안에서 노간주나무 열매(진의 원료) 냄새를 풀풀 풍기고 있었다.
한 쪽 구석에는 빈 캔버스가 그의 붓이 닿기만을
지난 25년 동안 묵묵히 기다리고 있었다.

수우는 베어먼에게 존시의 터무니없는 망상을 털어놓았다.
이 세상에 매달린 그녀의 가냘픈 손아귀 힘이 전부 빠져 버리면
존시는 정말로 담쟁이넝쿨의 잎처럼
어디론가 사라져 버릴지도 모른다고 말했다.

베어먼은 술에 취해 빨갛게 충혈 된 두 눈을 부릅뜨고는
존시의 바보 같은 망상에 큰 소리로 경멸과 조롱을 퍼부었다.
"뭐라고?
담쟁이 잎이 다 떨어지면 자기도 죽는다니,
세상에 그런 빌어먹을 소리를 하는 사람이 어디 있지?
이런 어처구니없는 말은 내 들어본 적이 없어!
난 그런 하찮은 망상이나 해대는 바보들의 모델을 해 주고 싶은 마음은 손톱만큼도 없어!
자네는 존시가 그런 생각을 할 때까지 도대체 뭘 하고 있었던 거지?
아아, 정말 한심한 아가씨들이로군!"

"존시는 지금 몸도 마음도 몹시 쇠약해져 있어요!"

수우는 대들듯 말했다.

"며칠 동안 고열에 시달리다 보니 자기도 모르게
괴상한 망상에 빠진 것뿐이라고요!
베어먼 할아범, 모델이 되기 싫으면 관둬요! 상관없어요.
하지만 당신 정말 형편없군요. 인정이라고는
눈곱만큼도 없는 이 심술궂은 노인네야!"

"여자들이란 저래서 탈이라니까!"
베어먼은 더 큰 목소리로 소리쳤다.
"내가 언제 정말 모델을 하지 않겠다고 했나? 먼저 올라가있어.
내 곧 따라갈 테니까. 난 이미 반시간 전부터
언제든지 당신네 모델이 되어 주겠다고 벼르고 있었지.
아가씨 이야기를 듣다가 깜박했을 뿐이라구. 정말이라니까!
아아, 존시 같이 착한 아가씨가 이런 곳에 병으로 누워 있으면 안 돼.
언젠가는 나도 걸작을 그릴 거라네. 그럼 우리 모두 이 동네를 나가자구.
암, 꼭 그렇게 될 거야!"

수우가 베어먼과 한께 돌아와 보니 존시는
어느새 잠이 들어 있었다.
수우는 조심스럽게 커튼을 내렸다.
그리고는 베어먼에게 옆방으로 가자며 신호했다.
두 사람은 옆방의 창밖으로 보이는 담쟁이넝쿨을 한동안 말없이 바라보았다.

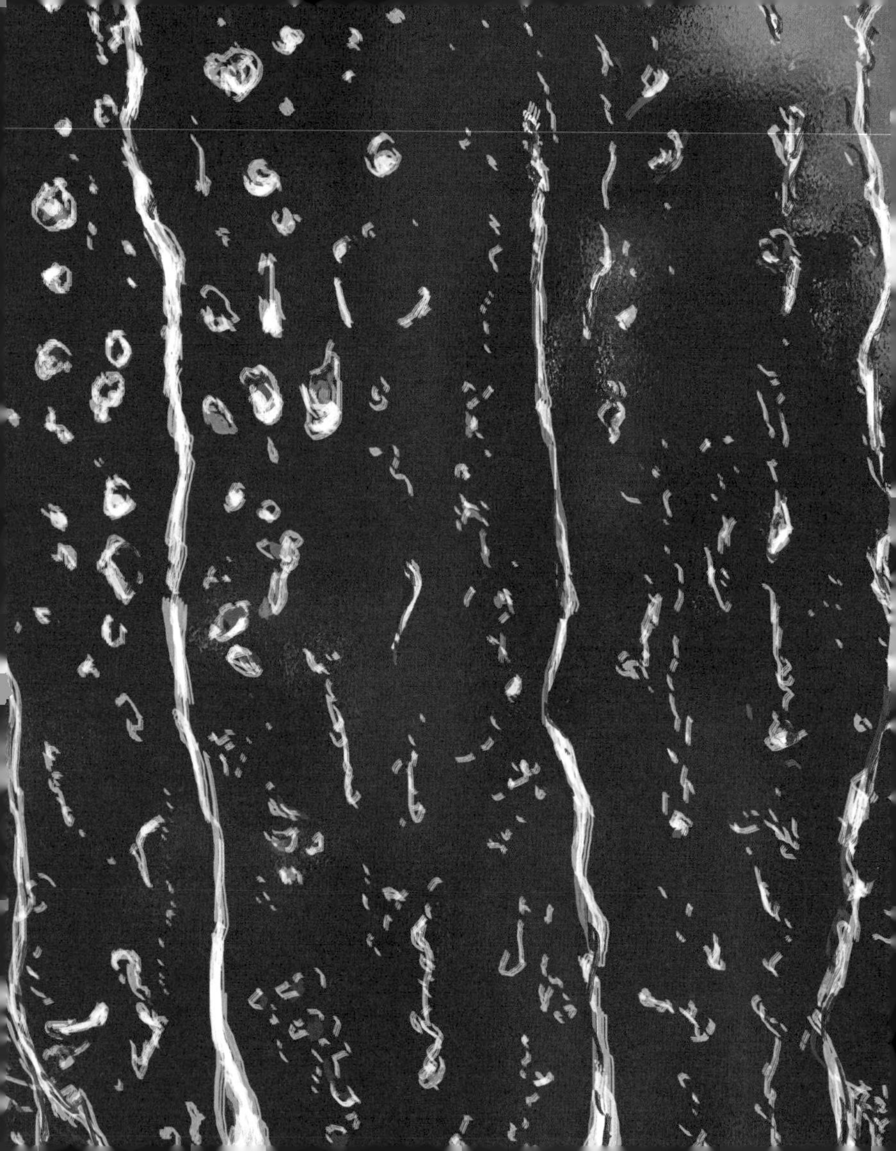

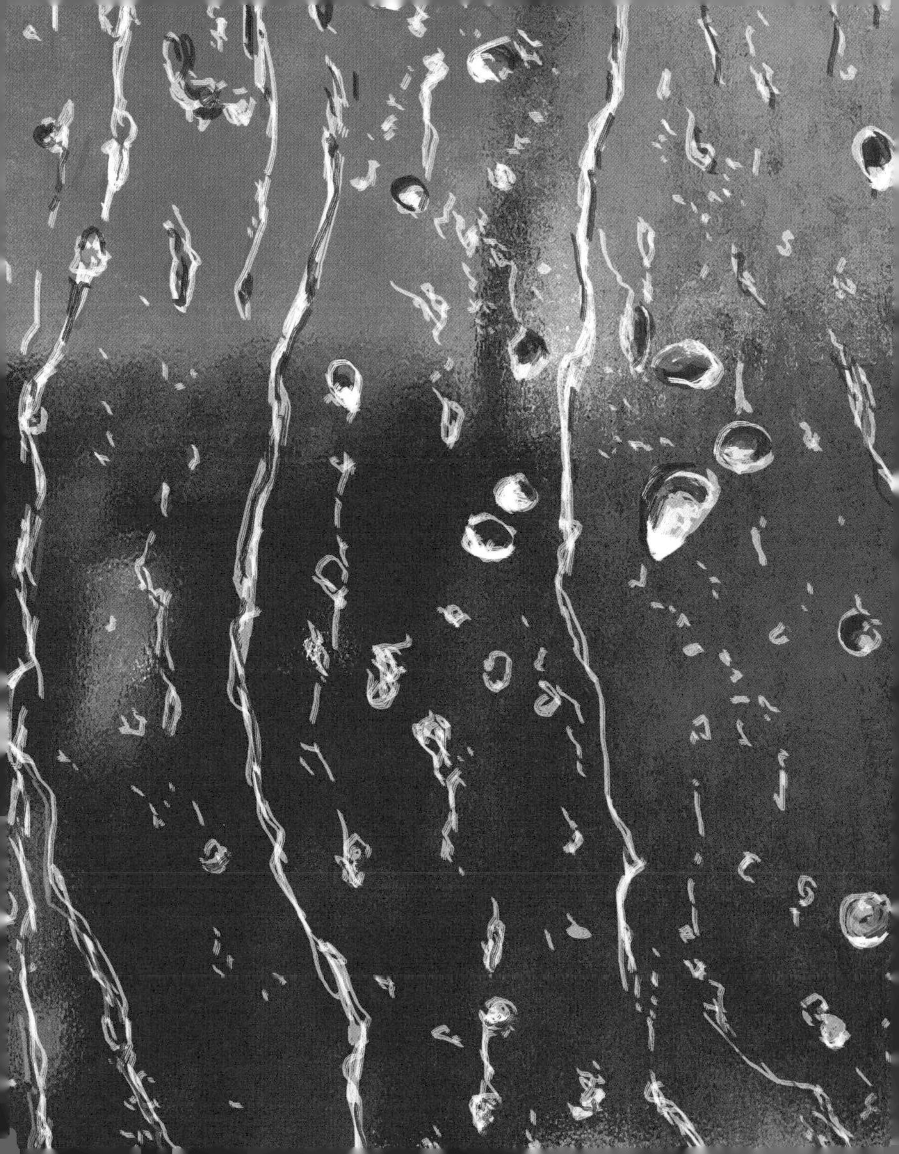

창 밖에는 눈 섞인 차가운 빗줄기가 쉴 새 없이 퍼붓고 있었다.

베어먼은 찌그러진 낡은 냄비 위에 무겁게 내려 앉았다.

이튿날 아침, 수우가 한 시간쯤 깜박 잠이 들었다 깨어 보니 존시가 생기 없는 눈을 크게 뜨고 내려져 있는 커튼을 멍하니 바라보고 있었다.

수우는 덜컥 겁이 났다.

"커튼을 올려 줘. 나, 보고 싶어."

존시는 속삭이듯 작은 목소리로 말했다.

수우는 어쩔 수 없이 존시의 부탁을 들어 줄 수밖에 없었다.

수우는 불안한 마음을 억누르며 조심스럽게 커튼을 올렸다.

그런데 어찌된 일일까?
창문을 두드려대던 빗줄기와 사납게 불어대는 바람이 밤새 계속되었는데도
창밖 벽돌담에는 여전히 담쟁이넝쿨 잎새 하나가 떨어지지 않고 붙어 있었다.
마지막 잎새였다.
잎의 줄기에는 아직 짙은 녹색이 남아있었지만
톱날 같은 가장자리는 이미 누렇게 썩어 버려 비장하기까지 한
모습으로 20피트쯤 되는 줄기에 매달려 있었다.

"마지막 잎새야."
존시가 말했다.

"밤사이에 틀림없이 모두 떨어져 버렸을 거라고 생각했는데…,
바람 소리를 들었거든. 아마 오늘은 떨어질 거야.
그리고 그 때 나도 같이 죽는 거야."

"제발, 존시!"
수우는 지친 얼굴을 베개에 묻으며 말했다.
"네 자신이 중요하지 않다면 대신 내 생각이라도 해 주면 안되겠니?
네가 떠나 버리고 나면 나 혼자 어쩌라고!"
그러나 존시는 그저 창밖만 바라볼 뿐이었다.
멀고 먼 나그네 길을 떠날 각오를 해 버린 이의 혼처럼
고독한 것이 또 있을까.

우정이나 사랑으로 세상과 연결되었던 굴레가 하나 둘 그녀에게서
풀려날 때마다 터무니 없는 망상은
한층 더 강하게 그녀를 사로잡을 뿐이었다.

힘든 하루가 또 지났다.
밤이 되자 겨울을 재촉하는 북풍이 다시금 거세게 몰아쳤다.
굵은 빗줄기는 요란스럽게 장문을 두드렸으며
낮은 네덜란드 식 처마 밑으로 빗물이 쉴 새 없이 흘러내리고 있었다.

날이 새자 존시는 무정하게도 커튼을 올려달라고 했다.

마지막 잎새는 여전히 그 자리에 매달려 있었다.
존시는 한동안 꼼짝도 않고 그것을 바라보았다.

약 반시간이 더 흐른 뒤, 존시는 가스스토브에서
치킨 수프를 끓이고 있는 수우를 불렀다.

"수우, 나 참 나쁜 애였나 봐."

"응?"
"내가 얼마나 이기적이었는지 깨닫게 하려고
누군가 저 마지막 잎새를 남겨둔 거야.
죽고 싶다고 생각하다니 나 정말 너무 못됐지?
수프 좀 줄래?
우유에 포도주를 조금 넣은 것도.
그리고 아냐, 그보다는 손거울 좀 갖다 줘.
그리고 베개를 몇 개 내 등에 받쳐 주지 않겠니?
수우가 요리하는 모습을 보고 싶어."

그로부터 한 시간 뒤 존시가 말했다.

"수우, 나 나폴리 만을 그리고 싶어."

오후가 되자 의사가 찾아왔다.
진찰을 끝마친 의사를 따라 수우는 복도로 나왔다.
"정말 다행이네. 존시의 얼굴이 몰라보게 밝아졌어."
의사는 수우의 가냘픈 손을 꼭 쥐며 말했다.

"걱정 말게. 이제부터 간호만 잘 해 주면 존시는 희망이 있다네.
난 아래층에 또 다른 환자를 보러 가야하네.
베어먼이라는 늙은 화가라던가.
역시 폐렴이야.
나이가 많은데다가 몸도 너무 쇠약해져서 회복하기 힘들 것 같아. 오늘 입원하기로 했으니까 조금은 편안해지겠지."

이튿날 아침, 의사가 수우에게 말했다.

"위험한 고비는 완전히 넘겼다네. 끝내 아가씨가 이겼군. 축하하네!"

이제부터 잘 먹고 충분히 휴식을 취하면 된다네."

그날 오후, 존시가 침대에 비스듬히 누워
파란 양모 숄을 만족스러운 듯 짜고 있으려니까 수우가 다가와
베개 채 그녀를 껴안으며 말했다.
"존시, 할 얘기가 있어."
수우는 말했다.

"존시, 베어먼 할아범이 오늘 병원에서 폐렴으로 돌아가셨어."

"엇그제 아침에 건물관리인이 베어먼 할아범이
혼자 괴로워하고 있는 걸 봤대.
구두고 옷이며 흠뻑 젖어 몸이 얼음처럼 차가웠대.
비가 쏟아지는 그 밤에 대체 어딜 갔었던 건지.
그러다가 아직 불이 켜져 있는
칸델라랑 창고에서 끌어낸 사다리며 바닥에 흩어져 있는 붓 몇 자루랑
노란색, 녹색 물감을 푼 팔레트를 발견한 거야."

"존시 잠깐 창밖을 봐.
저 벽돌담 위의 마지막 담쟁이 잎을.
바람이 불어도 조금도 흔들리지 않는 게 이상하다고 생각되지 않니?

존시, 저건 베어먼 할아범의 걸작이야.
마지막 잎새가 떨어진 그 밤에 할아범이 저기에 그려 넣었던 거야."

The Last Leaf

In a little district west of Washington Square the streets have run crazy and broken themselves into small strips called "places." These "places"

make strange angles and curves. One street crosses itself a time or two. An artist once discovered a valuable possibility in this street. Suppose a collector with a bill for paints, paper, and canvas should, in traversing this route, suddenly meet himself coming back, without a cent having been paid on account!

So, to quaint old Greenwich Village the art people soon came prowling, hunting for north windows and eighteenth-century gables and Dutch attics and low rents. Then they imported some pewter mugs and a chafing dish or two from Sixth Avenue, and became a "colony."

At the top of a squatty, three-story brick Sue and Johnsy had their studio. "Johnsy" was familiar for Joanna. One was from Maine; the other from California. They had met at the table d'hôte of an Eighth street "Delmonico's," and found their tasters in art, chicory salad and bishop sleeves so congenial that the joint studio resulted.

That was in May. In November a cold, unseen stranger, whom the doctors called Pneumonia, stalked about the colony, touching one here and there with his icy fingers. Over on the east side this ravager strode boldly, smiting his victims by scores, but his feet trod slowly through the maze of the narrow and moss-grown "places."

Mr. Pneumonia was not what you would call a chivalric old gentleman. A mite of a little woman with blood thinned by California zephyrs was hardly fair game for the red-fisted, short-breathed old duffer. But Johnsy he smote; and she lay, scarcely moving, on her painted iron bedstead, looking through the small Dutch window-panes at the blank side of the next brick house.

One morning the busy doctor invited Sue into the hallway with a shaggy, grey eyebrow.

"She has one chance in—let us say, ten," he said, as he shook down the mercury in his clinical thermometer. "And that chance is for her to want to live. This way people have of lining-up on the side of the undertaker makes the entire pharmacopeia look silly. Your little lady has made up her mind that she's not going to get well. Has she anything on her mind?"

"She—she wanted to paint the Bay of Naples some day," said Sue.

"Paint?—bosh! Has she anything on her mind worth thinking about twice—a man, for instance?"

"A man?" said Sue, with a jew's-harp twang in her voice. "Is a man worth—but, no, doctor; there is nothing of the kind."

"Well, it is the weakness, then," said the doctor. "I will do all that science, so far as it may filter through my efforts, can accomplish. But whenever my patient begins to count the carriages in her funeral procession I subtract 50 per cent from the curative power of medicines. If you will get her to ask one question about the new winter styles in cloak sleeves I will promise you a one-in-five chance for her, instead of one in ten."

After the doctor had gone Sue went into the workroom and cried a Japanese napkin to a pulp. Then she swaggered into Johnsy's room with her drawing board, whistling ragtime.

Johnsy lay, scarcely making a ripple under the bedclothes, with her face toward the window. Sue stopped whistling, thinking she was asleep.

She arranged her board and began a pen-and-ink drawing to illustrate a magazine story. Young artists must pave their way to Art by drawing pictures for magazine stories that young authors write to pave their way to Literature.

As Sue was sketching a pair of elegant horseshow riding trousers and a monocle on the figure of the hero, an Idaho cowboy, she heard a low sound, several times repeated. She went quickly to the bedside.

Johnsy's eyes were open wide. She was looking out the window and counting—counting backward.

"Twelve," she said, and a little later, "eleven"; and then "ten," and "nine"; and then "eight" and "seven," almost together.

Sue looked solicitously out the window. What was there to count? There was only a bare, dreary yard to be seen, and the blank side of the brick house twenty feet away. An old, old ivy vine, gnarled and decayed at the roots, climbed half way up the brick wall. The cold breath of autumn had stricken its leaves from the vine until its skeleton branches clung, almost bare, to the crumbling bricks.

"What is it, dear?" asked Sue.

"Six," said Johnsy, in almost a whisper. "They're falling faster now. Three days ago there were almost a hundred. It made my head ache to count them. But now it's easy. There goes another one. There are only five left now."

"Five what, dear? Tell your Sudie."

"Leaves. On the ivy vine. When the last one falls I must

go, too. I've known that for three days. Didn't the doctor tell you?"

"Oh, I never heard of such nonsense" complained Sue, with magnificent scorn. "What have old ivy leaves to do with your getting well? And you used to love that vine so, you naughty girl. Don't be a goosey. Why, the doctor told me this morning that your chances for getting well real soon were—let's see exactly what he said—he said the chances were ten to one! Why, that's almost as good a chance as we have in New York when we ride on the street cars or walk past a new building. Try to take some broth now, and let Sudie go back to her drawing, so she can sell the editor man with it, and buy port wine for her sick child, and pork chops for her greedy self."

"You needn't get any more wine," said Johnsy, keeping her eyes fixed out the window. "There goes another. No,

I don't want any broth. That leaves just four. I want to see the last one fall before it gets dark. Then I'll go, too."

"Johnsy, dear," said Sue, bending over her, "will you promise me to keep your eyes closed, and not look out the window until I am done working? I must hand those drawings in by to-morrow. I need the light, or I would draw the shade down."

"Couldn't you draw in the other room?" asked Johnsy, coldly.

"I'd rather be here by you," said Sue. "Besides I don't want you to keep looking at those silly ivy leaves."

"Tell me as soon as you have finished," said Johnsy, closing her eyes, and lying white and still as a fallen statue, "because I want to see the last one fall. I'm tired of waiting. I'm tired of thinking. I want to turn loose my hold on everything, and go sailing down, down, just like one of those poor, tired leaves."

"Try to sleep," said Sue. "I must call Behrman up to be my model for the old hermit miner. I'll not be gone a minute. Don't try to move 'till I come back."

Old Behrman was a painter who lived on the ground floor beneath them. He was past sixty and had a Michael Angelo's Moses beard curling down from the head of a satyr along the body of an imp. Behrman was a failure in art. Forty years he had wielded the brush without getting near enough to touch the hem of his Mistress's robe. He had been always about to paint a masterpiece, but had never yet begun it. For several years he had painted nothing except now and then a daub in the line of commerce or advertising. He earned a little by serving as a model to those young artists in the colony who could not pay the price of a professional. He drank gin to excess, and still talked of his coming masterpiece. For the rest he was a fierce little old man, who scoffed terribly at softness in any one, and who regarded himself as especial mastiff-in-waiting to protect the two young artists in the studio above.

Sue found Behrman smelling strongly of juniper berries in his dimly lighted den below. In one corner was a blank canvas on an easel that had been waiting there for twenty-five years to receive the first line of the masterpiece. She told him of Johnsy's fancy, and how she feared she would, indeed, light and fragile as a leaf herself, float away when her slight hold upon the world grew weaker.

Old Behrman, with his red eyes plainly streaming,

shouted his contempt and derision for such idiotic imaginings.

"Vass!" he cried. "Is dere people in de world mit der foolishness to die because leafs dey drop off from a confounded vine? I haf not heard of such a thing. No, I will not bose as a model for your fool hermit-dunderhead. Vy do you allow dot silly pusiness to come in der prain of her? Ach, dot poor lettle Miss Johnsy."

"She is very ill and weak," said Sue, "and the fever has left her mind morbid and full of strange fancies. Very well, Mr. Behrman, if you do not care to pose for me, you needn't. But I think you are a horrid old—old flibbertigibbet."

"You are just like a woman!" yelled Behrman. "Who said I will not bose? Go on. I come mit you. For half an hour I haf peen trying to say dot I am ready to bose. Gott!

dis is not any blace in which one so goot as Miss Yohnsy shall lie sick. Some day I will baint a masterpiece, and ve shall all go avay. Gott! yes."

Johnsy was sleeping when they went upstairs. Sue pulled the shade down to the window-sill, and motioned Behrman into the other room. In there they peered out the window fearfully at the ivy vine. Then they looked at each other for a moment without speaking. A persistent, cold rain was falling, mingled with snow. Behrman, in his old blue shirt, took his seat as the hermit-miner on an upturned kettle for a rock.

When Sue awoke from an hour's sleep the next morning she found Johnsy with dull, wide-open eyes staring at the drawn green shade.

"Pull it up; I want to see," she ordered in a whisper.

Wearily Sue obeyed.

But, lo! after the beating rain and fierce gusts of wind that had endured through the livelong night, there yet stood out against the brick wall one ivy leaf. It was the last on the vine. Still dark green near its stem, but with its serrated edges tinted with the yellow of dissolution and decay, it hung bravely from a branch some twenty feet above the ground.

"It is the last one," said Johnsy. "I thought it would surely fall during the night. I heard the wind. It will fall to-day, and I shall die at the same time."

"Dear, dear!" said Sue, leaning her worn face down to the pillow; "think of me, if you won't think of yourself. What would I do?"

But Johnsy did not answer. The lonesomest thing in all the world is a soul when it is making ready to go on its mysterious, far journey. The fancy seemed to posses her more strongly as one by one the ties that bound her to friendship and to earth were loosed.

The day wore away, and even through the twilight they could see the lone ivy leaf clinging to its stem against the wall. And then, with the coming of the night the north wind was again loosed, while the rain still beat against the windows and pattered down from the low Dutch eaves.

When it was light enough Johnsy, the merciless, commanded that the shade be raised.

The ivy leaf was still there.

Johnsy lay for a long time looking at it. And then she called to Sue, who was stirring her chicken broth over the gas stove.

"I've been a bad girl, Sudie," said Johnsy. "Something has made that last leaf stay there to show me how wicked I was. It is a sin to want to die. You may bring me a little broth now, and some milk with a little port in it, and—no; bring me a hand-mirror first; and then pack some pillows about me, and I will sit up and watch you cook."

An hour later she said

"Sudie, some day I hope to paint the Bay of Naples."

The doctor came in the afternoon, and Sue had an excuse to go into the hallway as he left.

"Even chances," said the doctor, taking Sue's thin, shaking hand in his. "With good nursing you'll win. And now I must see another case I have downstairs. Behrman, his name is—some kind of an artist, I believe. Pneumonia, too. He is an old, weak man, and the attack is acute. There is no hope for him; but he goes to the hospital to-day to be made more comfortable."

The next day the doctor said to Sue: "She's out of danger. You've won. Nutrition and care now—that's all."

And that afternoon Sue came to the bed where Johnsy lay, contentedly knitting a very blue and very useless woolen shoulder scarf, and put one arm around her, pillows and all.

"I have something to tell you, white mouse," she said. "Mr. Behrman died of pneumonia to-day in the hospital. He was ill only two days. The janitor found him on the morning of the first day in his room downstairs helpless with pain. His shoes and clothing were wet through and icy cold. They couldn't imagine where he had been on such a dreadful night. And then they found a lantern, still lighted, and a ladder that had been dragged from its place and some scattered brushes, and a palette with green and yellow colours mixed on it, and—look out the window, dear, at the last ivy leaf on the wall. Didn't you wonder

why it never fluttered or moved when the wind blew? Ah, darling, it's Behrman's masterpiece—he painted it there the night that the last leaf fell."

O. Henry

윌리엄 시드니 포터(William Sydney Porter, 1862년 10월 11일~1910년 6월 5일)는 미국의 작가로, 오 헨리(O. Henry)라는 필명으로 잘 알려져 있다.

그는 1862년 10월 11일 노스캐롤라이나 주의 그린즈버러에서 앨저넌 시드니 포터와 메리 제인 버지니아 스웨임 사이에서 태어났다. 세 살 무렵 어머니가 결핵으로 사망하자 가족은 그의 할머니의 집으로 이사하였다. 1879년 고등학교를 졸업하고 삼촌이 경영하는 약국의 조수로 들어가 1881년 약사 자격증을 획득하였다. 1882년 포터는 제임스 홀을 따라 텍사스로 이주하여 그의 아들 리차드 홀의 목장에서 일하였다. 그 곳에서 그는 독일, 스페인 등지에서 온 이민자들의 음악을 배웠다. 1884년 오스틴으로 이사하여 그곳에서 제도사, 은행원, 기자 등의 직업을 전전했으며 습작을 작성하기도 하였다. 오스틴 극단에 들어가 기타와 만돌린을 연주하기도 하였다.

1887년 17세였던 아솔 에스테스와 결혼한 후, 리차드 홀이 지주협의회의 의장이 되자 그의 권유로 텍사스 제네럴 랜드 오피스의 제도사로 근무하였다. 1888년 아들이 태어났으나 태어나자마자 사망하였고 이듬해 1889년 딸 마가렛 워즈 포터가 태어났다.

리차드 홀이 1890년 낙선하자, 포터는 은행원, 기자 등으로 일하였으며 첫 작품 『구르는 돌(The Rolling Stones)』을 발표하였으나 1,500부가 팔리는 데 그쳤다.

포터 가족은 1895년 휴스턴으로 이사하였다. 포터는 우체국의 고정 작가로 글을 쓰기 시작하였으나, 오스틴에서 재직하였던 은행에서 포터가 재직 중 계산 실수를 범했다는 이유로 고소하여 구금되었다. 포터는 장인의 도움으로 석방되어 불구속 재판을 받게 되었다. 이때 그의 가족들은 장인의 집에 의탁하였다. 첫 재판은 1896년 7월 7일에 열릴 예정이었지만 그는 뉴올리언스에서 온두라스로 도피하였다. 거기에서 그는 바나나 공화국을 빗댄 『양배추와 왕』을 썼다.

포터는 1897년 아내 아솔이 결핵으로 죽어간다는 전갈을 받고 오스틴으로 돌아오지만 그녀는 그해 7월 25일 사망하였다. 그는 체포되어 1898년 2월 횡령죄로 5년의 징역을 언도받고 5월 25일 오하이오 교도소에 수번 30664번으로 수감되었다. 그는 약사 자격이 있었기 때문에 복역하는 동안 야간 약국 담당으로 일하였다. 이 기간에 그는 여러 필명으로 단편 소설을 출간하였다. 오 헨리라는 필명으로 발표한 『휘파람 부는 딕의 크리스마스 스타킹』이 널리 알려지게 되면서 그의 이름 역시 오 헨리로 널리 알려졌다.

1901년 출감한 그는 펜실베이니아 주 피츠버그로 이사한 장인을 찾아가 11살이 된 딸 마가렛을 만났다. 장인은 마가렛에게 그가 사업 때문에 멀리 여행 갔다고 말하여 두고 있었다. 1902년부터 ≪뉴욕 월드 썬데이 매거진≫에 381편의 단편을 실었다. 이후 1907년에 사라 린드시 콜맨과 재혼하였다. 그러나 이듬해 건강이 악화되어 글쓰기를 중단하였다. 1909년에 사라가 떠나간 뒤 더욱 건강이 악화된 그는 1910년 6월 5일 사망하였다. 사망 후 뉴욕 시에 의해 노스캐롤라이나의 아쉬빌에 묻혔다.

그후, 1927년 그의 딸 마가렛 역시 사망하여 아버지의 옆에 묻혔다.

그는 반전이 있는 짧은 소설을 주로 썼다. 또한 모파상의 영향을 받아 풍자 · 애수에 찬 화술로 평범한 미국인의 생활을 그렸다. 그의 작품은 반전 있는 결말로 유명하여 '오 헨리식 결말'이란 이름이 붙었다. 대표적인 작품으로는『현자(賢者)의 선물(The Gift of the Magi)』,『붉은 추장의 몸값(The Ransom of Red Chief)』,『도시의 패배(The Defeat of the City)』,『경찰관과 찬송가(The Cop and the Anthem)』,『소생한 개심(改心)(A Retrieved Reformation)』,『20년 후(After Twenty Years)』,『마지막 잎새(The Last Leaf)』등이 있다.

옮김·그림 **폴드랑**

1994년《주간만화》에「별의 바다로」라는 SF 단편을 게재하면서 본격적인 활동을 시작했다.
2003년 에세이 툰 〈쪼그만 얘기〉를 발표하였으며, 이 작품으로 문화관광부에서 수여하는 '오늘의 우리 만화상'을 수상했다.
그동안 출간한 책으로는『쪼그만 얘기』,『러브포엠』,『마지막 잎새』등이 있다. 그 밖에 다양한 책들에 삽화작업을 진행 중이다.
『아라의 당구홀릭』1·2에서 당구에 관한 이론부분과 컬러를 맡았다.

강하나

당구를 좋아하고 그림그리기를 좋아하는 조금은 삐딱한 여자다.
그림쟁이의 저질 체력을 극복하기 위해 당구를 취미로 선택했다.
현재 개인 블로그에 〈아라의 당구홀릭〉 연재 중이다.
『아라의 당구홀릭』1·2에서 스토리 구성 작업과 그림을 맡았다.

채색 **안경숙**

서울국제만화페스티벌 시카프 공모전 2007년도 웹코믹스 장편 부문에서 〈커피앤 스낵〉으로 장려상을 수상하였으며 2009년 코믹타운 연재지원작품공모전에서 수상한 강성남의 〈해바라기〉라는 작품을 공동작업하였다. 이후 〈마지막 잎새〉, 〈헬렌 켈러와 애니 설리반〉등의 작품을 함께 하였으며 현재는 새로운 만화 창작 작업을 진행 중에 있다.